KB260260

오늘도
당신을
기다립니다

오늘도 당신을 기다립니다

펴낸날 | 2002년 1월 5일 초판 1쇄
　　　　2002년 2월 15일 초판 2쇄
지은이 | 김영식
펴낸이 | 이태권
펴낸곳 | 소담출판사
　　　　서울시 성북구 성북동 178-2 (우)136-020
　　　　전화 | 745-8566~7　팩스 | 747-3238
　　　　e-mail | sodam@dreamsodam.co.kr
　　　　등록번호 | 제2-42호(1979년 11월 14일)
기　획 | 이장선 김지아
편　집 | 김효진 김묘성 김광자
미　술 | 박준철 김학수 김정희
본부장 | 홍순형
영　업 | 박종천 안경찬 김진갑
관　리 | 안근태 박성건 안찬숙 장명자 김미순

ISBN 89-7381-467-2 03810

● 책 가격은 뒤표지에 있습니다.

오늘도 당신을 기다립니다

김영식 글·그림

소담출판사

이 지상에서

가장 맑은 것은 무엇인가
가장 따뜻한 것은 무엇인가
가장 향기로운 것은 무엇인가
가장 높은 곳은 어디인가
가장 먼 곳은 어디인가
가장 깊은 곳은 어디인가
가장 슬픈 것은 무엇인가
가장 두려운 것은 무엇인가
가장 신비로운 것은 무엇인가
가장 아름다운 것은 무엇인가

오늘은 특별한 날입니다.

오늘은 당신의 잔이요 노래이고 싶습니다.

당신을 만나는 일이 저에겐 아름다운 공부입니다.

당신의 맑고 따스한 영혼을 비추는 거울이고 싶습니다.

내가 미술이 되지 않고 어찌 미술을 가르칠 수 있겠는가.

그대가 웃음이었으면 좋겠습니다.

그대 그림이 행복했으면 좋겠습니다.

그림을 보는 이가 그 속에서 기쁨이었으면 좋겠습니다.

2001년 겨울에

김영식

향기 나는 삶을 위한 내 인생의 키워드 **관계**

8

봄, 여름, 가을, 겨울,
그 계절을 당신은 어떻게 만났습니까?

春 夏 秋 冬
あなたはそれらの季節と どのような出会いをしましたか

그 꽃이 비록 타인의 향기가 될지라도

난 그 꽃을 위해 기도하겠소.

たとえ その花が他人の香りになろうとも
私はその花のために祈ります

마음이 너무 가벼울 때는 추를 달아라.

心が軽い時は 錘をつけなさい

당신의 맑고 따뜻한 영혼을 비추는 거울이고 싶습니다.

清らかで暖かい魂を映し出す あなたの鏡でありたい

이 세상에서
가장 **아름다운** 곳은 이**곳**입니다.

この世で最も美しい場所はここです

돌아갈 수 없는 지나온 세월

그 길가에 피었던 고운 꽃, 바람, 기억들이여…….

暎れない過ぎた日々
その道ばたに咲いていた あのきれいな花 風 そして記憶よ

그 잎은 그 꽃을 위해 있다.

木の葉はその花のためにある

내가 **나**를 속일 수는 없다.

私自身にうそはつけない

캔버스는
아무리 작아도
우주를 담을 수 있다.

キャンパスはどんなに小さくても
宇宙が入る

이런 사람을 만나고 싶다.
가슴이 맑아서 탐이 나는 사람
눈이 아름다워 예쁜 사람
서로의 마음을 알뜰히 이야기할 수 있는 사람
색色, 선線을 소재로 끊임없이 공부할 수 있는 사람
그저 마주하고 앉아 있으면 마음이 따뜻해지는 사람.

こんな人に出会いたい
心が清らかで魅力的な人
目がきれいで美しい人
互いの心を つましく語り合える人
色 線を素材に 学び続けることのできる人
ただ 向かい合っているだけで 心が暖まる人

아무것도 바라지 않습니다.
당신이 그리울 뿐입니다.

何もいらない
ただ あなたが愛しいだけ

느끼는 자만이 아름답다.
느끼지 못하는 자는 아무것도 할 수 없다.

感じることのできる人は美しい
感じることのできない人はむなしい

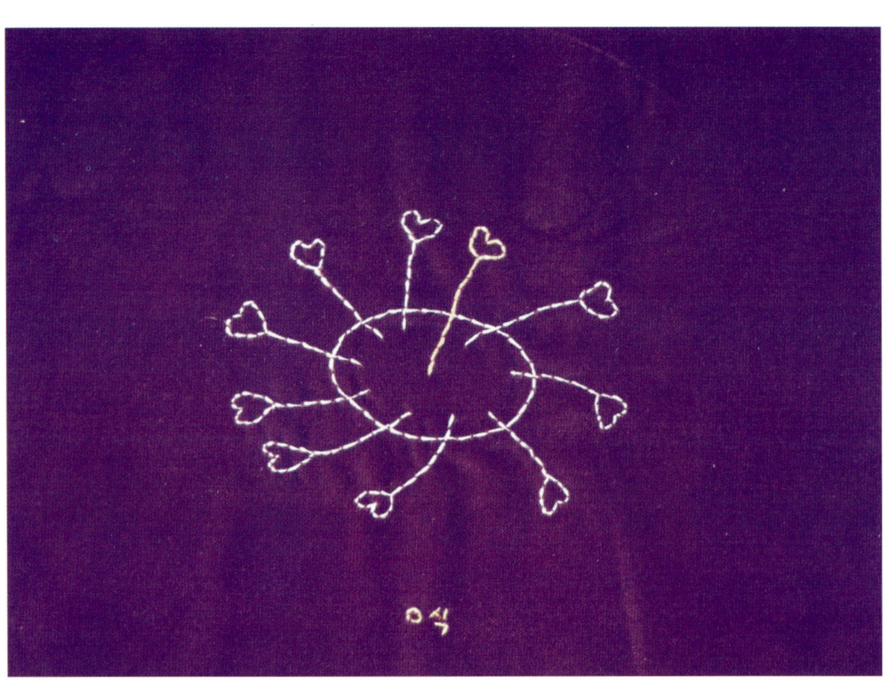

의심하지 마라.
의심하지 마라.
이미 믿기로 작정한 것은 의심하지 마라.

疑うな
疑うな
信じることにしたら疑うな

꽃은 피어야 그 향이 난다.

花は咲いて 香りたつ

비, 바람, 빛, 꽃, 새
이 모두가 나의 스폰서이다.

雨風光花鳥
すべてが私のスポンサー

햇살 같은 사람이고 싶다.

日差しのような人でありたい

어떻게 **다가설** 것인가.
어떻게 **만나갈** 것인가.

どうやって近づくか
どうやって出会うか

악한 아내는 지혜를 주고

선한 아내는 평안을 준다.

悪妻は知恵を施し
良妻は平安をもたらす

36

아름다운 사람은 많되 다정한 사람은 드물고
예쁜 그림은 많되 가슴이 따뜻해지는 그림은 흔하지 않고
귀에 아름다운 소리는 많되 가슴을 울리는 소리는 적다.

美しい人は多いけど 優しい人は少ない
美しい絵は多いけど 心温まる絵は少ない
耳に美しい声は多いけど 心に響く声は少ない

누구를 만나느냐가 인생을 결정한다.

出会いによって 人生は決まる

배려할 수 있는 사람만이 배려받을 수 있다.

思いやりが思いやりを呼ぶ

맑은 물은 싫증나지 않는다.

清き水は飽きることなし

2001. 이희

이 지상에서 가장 아름다운 곳은
님이 서 계신 곳이며
가장 멋진 만남은
지금 같이하는 만남이며
가장 아름다운 영화는
님께서 주인공이신
지금 상영중인 영화입니다.
오늘
님께서 주인공이 되심을 축하드립니다.

この世で最も美しい場所は
あなたがいらっしゃる処
最もすばらしい出会いは
この一期の出会い
最もきれいな映画は
あなたが主人公の
今 上映しているこの映画
今日
あなたは主人公になられました
おめでとうございます

맑고 따스함이게 하소서.
맑고 따스함이게 하소서.
맑고 따스함이게 하소서.

清く暖かくありますように
清く暖かくありますように
清く暖かくありますように

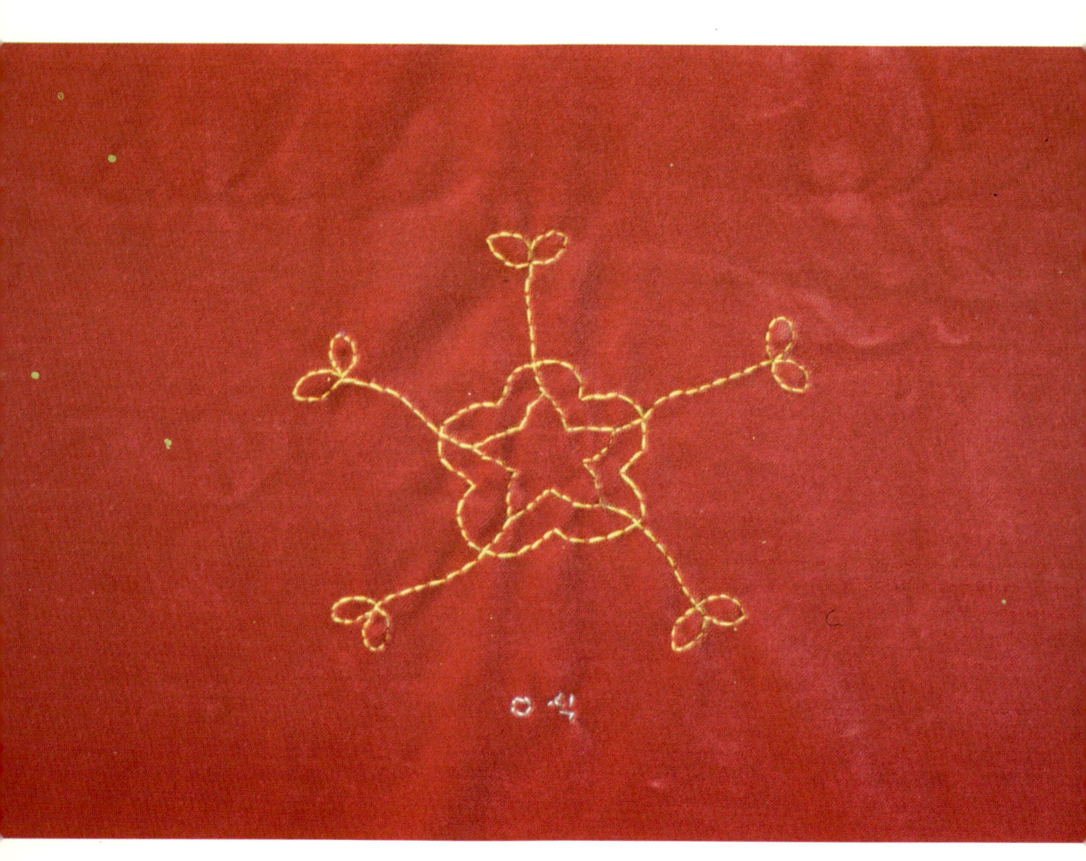

햇살은 <u>천사</u>이다.

日差しは天使

당신의 잔이고 싶습니다.

あなたの盃でありたい

행운의 색色이 되고 싶습니다.

幸運の色でありたい

내 영혼의 작은 떨림 **사랑**

그렇게 **사랑**은 시작되었습니다.

そして 愛は始まりました

내 아름다운 추억을
맑은 유리 항아리에 담아 두었습니다.

私の美しい想い出を
澄んだ硝子につめておきました

이 세상에서 가장 아름다운 꽃은
내 가슴에 피는 꽃입니다.

この世で一番美しい花は
私の心に咲く花です

당신을 생각할 때
내 가슴이 가장 잘 보입니다.

あなたを想うと
私の心がよく見えます

그리움이 있어 사랑은 더 아름답다.

恋しいから 愛は美しい

사랑하게 하소서.

愛する心を与えたまえ

나에게 있어 당신은
이 세상에서 가장 멋진 투자입니다.

私にとって あなたはこの世で一番素敵な投資です

화장의 기초 마사지는
아름다운 기도로 자신의 몸을 닦는 것이다.

化粧の基礎は
美しい祈りで身を清めること

오늘도 **당신**을 기다립니다.

今日もあなたを待っています

당신은 내가 아는 최고의 사람입니다.

あなたは私の最高の人です

사랑은 이루어지지 않아 더 아름다울 수 있다.

かなわぬ愛も美しい

2001. 이화

자신을 위해 눈감고 두 손을 모음은 기도가 아닙니다.

自らのために祈ることは祈りではない

당신은 아시나요.
당신이 언제 가장 아름다운지, 가장 빛나는지……

ご存じですか
あなたが いつ一番美しいか 一番輝いているのか

68

이렇듯 밤은 깊은데 우린 헤어지지를 못합니다.

こんなに夜が深い、私たちは別れることができません

나는 지금 시간과 정성을 싸들고 그분을 만나러 갑니다.

私は今 時と真心を抱いて あの人に会いに行きます

당신은 아시나요.
그대가 얼마나 탐스러운지.
그대가 얼마나 아름다운지.

ご存じですか
あなたがどんなに素敵なのか
あなたがどんなに美しいのか

당신을 소중히 하겠습니다.

당신을 소중히 하겠습니다.

당신을 소중히 하겠습니다.

あなたを大切にします
あなたを大切にします
あなたを大切にします

당신에게
가장 **사랑**받고 싶었습니다.

あなたに一番愛されたかった

가슴,
그것은 숨기려 해도 다 숨길 수 없고
드러내려 해도 다 드러낼 수 없다.

心
それは隠そうにも隠せない
さらけ出そうにも出しきれない

보면 볼수록 느낌이 새로워지는 그림.
보면 볼수록 느낌이 새로워지는 사람.

見るたびに 新しくなる絵
会うたびに 新しくなる人

가장 소중한 것은 내 가슴속에 있다.

一番大切なものは 私の心にある

<u>아름다움</u>은 어느 곳에나 있는 것이지만
아무에게나 보이는 것은 아니다.

美しさはどこにでもある
でも 見えない人には見えない

영원한 것도 없고
영원하지 않은 것도 없다.

永遠なものもなく
永遠でないものもない

예뻐도 아름답지 않은 것이 있고
예쁘지 않아도 아름다운 것이 있습니다.

きれいでも美しくないものがあり
きれいでなくても美しいものがある

너도 이제 사랑을 입을 나이가 되었구나.

あなたも もう恋する年

그 옷이 아름답다고 나에게 어울리는 것이 아니라
그 옷이 나에게 어울릴 때 아름다운 것이다.

服が美しくて 似合うのでなく
私に似合うから美しいのだ

영원보다 긴 나의 **인생**이여.

永遠より 永い私の人生

삶의 모든 가치는 내 가슴에서 결정된다.

人生のすべての価値は 私にある

너무 가까이 가면 잘 보이지 않는 것이 있다.

近過ぎると よく見えないものがある

그림은
아름다운 상상력이어야 한다.
그것을 보는 이에게 벗이 되어주며
그 영혼의 옷이 되어주고
노래가 되어주며
시가 되어주는
위로와 용기의 형상이 되며
꿈이 되어야 한다.

絵は美しい想像力
それを見る人の友になり
魂の服になり
歌にもなり
詩にもなる
そして 慰めと勇気の形になり
夢にもなる

평생 아끼고 사랑할 일을 찾아라.

一生 愛せる仕事を探せ

96

길이 없을 때는 내가 가는 것이 길이다.

步けば私の道になる

호주머니에 돈이 없어도 우리는 봄을 살 수 있다.

お金は無くとも 春は来る

맑음, 따스함
그것은 인간 본래의 향이다.

清らかさ 暖かさ
それが人間本来の香り

세상이 나를 울릴지라도
세상은 나를 위해 존재한다.

世に泣くことがあったとしても
いつも 世は私のためのもの

92

세상을 용기 있게 살아가는 지혜 열정

난 어떤 감성의 바다를 떠다니는 배인가.

私はどんな感性の海を漂う舟だろう

변화는 필요한 때 이루어져야 한다.

変化には時が要る

인간의 새로운 철학은
언제나 행복론이었습니다.

いつでも 幸せは人間の新しい哲学だ

2001. 이수동

색_色을 보고 운 적이 있습니까?

色を見て泣いたことがありますか

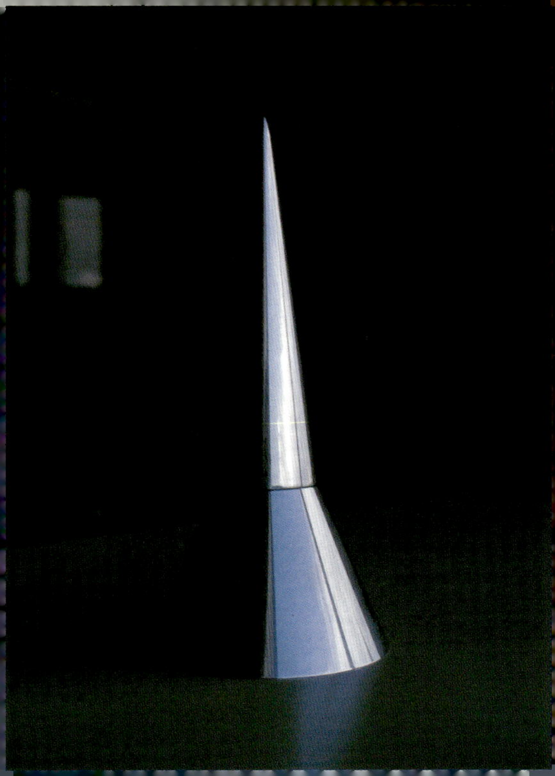

민족이든 개인이든 힘은 있어야 한다.

民族であれ 個人であれ 力はあるべき

114

예술
그것은 인간을 위한 배려요, 기도이다.

芸術
それは 人間への思いやりであり 祈りである

만남이 작업이게 하소서.
삶이 작품이게 하소서.

出会いが作業でありますように
人生が作品でありますように

밝음을 빌려야 어둠을 조각할 수 있고
어둠을 지워야 밝음을 그릴 수 있다.

明かりで暗闇を刻み
暗闇で明かりを描く

승리는 아름다워야 하며
그 방법은 부끄럽지 않아야 한다.

勝利は美しく
正当であれ

음악가와 미술가가 같은 소리, 같은 색을 반복 연습하는 것은
그 깊이를 알기 위함이다.

音楽家と画家が 同じ音 同じ色を繰り返すのは
その深さを知るため

부드러울 것은 부드럽고
곧을 것은 곧아야 한다.

やわらかいものは やわらかく
真っ直ぐなものは まっすぐに

내 그림은 머물러 있는데
가만히 보면 가고 있다.

私の絵は止まっている
でも 動いている

나의 **중심**은 무엇인가.

私の中心は何処

세상을 보듬는 따뜻한 한마디 

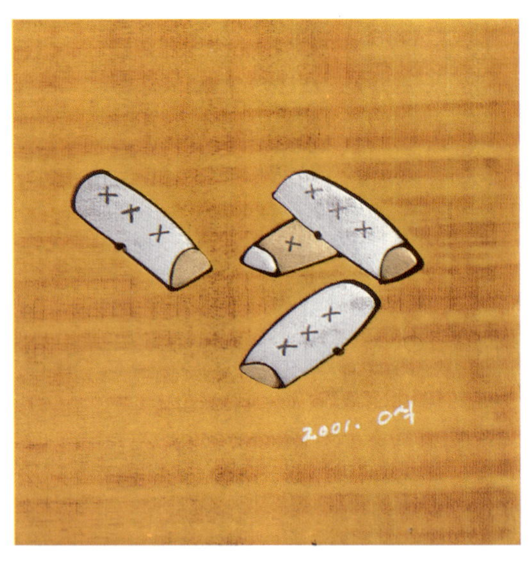

늘 설레이는 마음으로 아침을 열어야 하고
감사하는 마음으로 하루를 닫아야 합니다.

常に 感謝の心で朝を開き
感謝の心で一日を閉じる

꿈을 담을 수 있는 항아리를 그려라.
그리고 그 항아리에 꿈을 하나 둘 넣어라.

夢を入れる壷を描き
その壷に夢を一つ二つ入れよう

그리움은
그리움으로 남아 더 아름답다.

想いは 想いのままで美しい

마음을 비운 만큼
영혼의 **안식처**는 넓어진다.

心を虚しくすると
魂は広く安らぐ

정직하고 소박하게 살 때 품위가 있다.

正直で素朴な生に品がある

색色은 미술을 꿈꾸는 모든 이의 연인이다.

色は美を夢見る人の恋人

성악가는 신神의 소리를 빌릴 수 있어야 하고
미술가는 신神의 색을 빌릴 수 있어야 한다.

歌う人は神の声を
描く人は神の色を

까만 밤보다 더 신비로운 공간은 없다.

夜の暗闇は 神秘的な空間

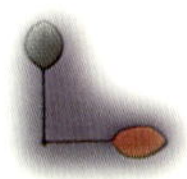

그림에 있어 여백은 공기와 같다.

絵にある余白は空気の如く

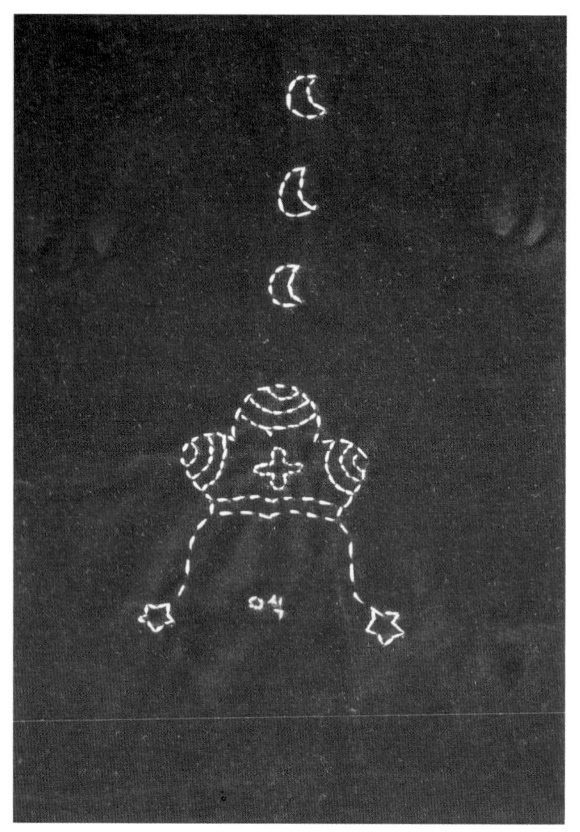

인간은 얼마든지 실수하고 후회할 수 있다.
지혜란 그것을 피해갈 수 있는 능력이다.

人生に失敗や後悔はつきもの
知恵はそれを逃れる道

하얀 백지보다 더 많은 상상을 하게 하는 그림은 없다.

白い紙は想像する絵

깨달음에는 나이가 필요없고, 빠르고 느림이 없다.

悟りに時なし 順序なし

미술인은
색과 색이 만나는
선과 선이 만나는
그 사랑의 순간을
키스하는 그 접점의 무서움을 애써 느껴야 한다.
선의 위대함, 무서움을
운명적으로 경험해야 한다.
선으로써 감정을 배우고 나타내며
색으로써 언어를 배우고 시를 지을 수 있어야 한다.

画家は
色と色とが出会う
線と線とが出会う
その愛の瞬間
キスする その接点の恐さを 知る
線の偉大さ 怖さを
運命として経験し
線を通して感情を学び
色を通して言葉を覚え
詩を作る

Note(만남에 대한 것, 느낌에 대한 것),
기록은 대단히 중요하다.

ノート（出会ったこと 感じたこと）
記録はとても大切

152

아름다움으로 가는 길은
충분히 절제되어져야 한다.

美への道は
十分節制されるべき

사람은 집에서 가장 많은 것을 배운다.

人は家で多くのことを学ぶ

직선 같은 곡선
곡선 같은 직선

直線のような曲線
曲線のような直線

프로는 인격보다 실력이다.
그러나 그 프로의 생명은 인격이다.

プロは人格より実力
でも そのプロの命は人格

새로운 모든 것은 지금 만들어진다.

新しいものは皆今作られた

혹여 그대는
하늘과 땅을 얻고도 가난하신가.

あなたは天と地と共にあります

160